LE

RÉVEIL DE LA FRANCE

POËME

PAR

EUGÈNE BILLARD

« L'histoire des hommes ne présente de
« poésie que jugée du haut des idées
« monarchiques et des croyances reli-
« gieuses. »

VICTOR HUGO.
(Préface des *Odes et Ballades.*)

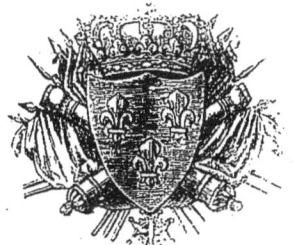

PARIS

CHEZ TOUS LES LIBRAIRES

—

1872

LE

RÉVEIL DE LA FRANCE

1068— Paris. — Imprimerie Cusset et Cᵉ, rue Racine, 26.

LE

RÉVEIL DE LA FRANCE

POËME

PAR

EUGÈNE BILLARD

« L'histoire des hommes ne présente de
« poésie que jugée du haut des idées
« monarchiques et des croyances reli-
« gieuses. »

VICTOR HUGO.
(Préface des *Odes et Ballades*.)

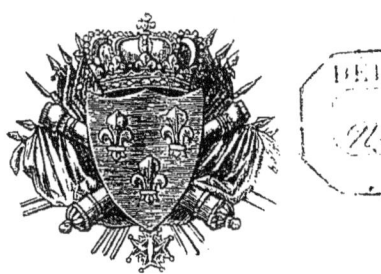 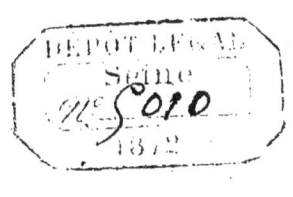

PARIS

CHEZ TOUS LES LIBRAIRES

—

1872

AU LECTEUR

Deux courants d'idées opposées sillonnent aujourd'hui la société française : deux camps bien tranchés sont actuellement en présence, et c'est du succès de l'un d'eux que dépendent, à n'en pas douter, le salut de la France ou son complet anéantissement. L'athéisme a levé contre la foi catholique et contre la morale son ignoble étendard, et l'horrible mot de Voltaire : « *Écrasons l'Infâme* » est aujourd'hui plus que jamais le cri de ralliement de nos libres-penseurs.

Devant cette immense propagande, il faut plus que jamais rester inébranlable au poste de l'honneur. Il faut lutter, il faut combattre, il faut vaincre ou mourir : c'est la loi du péril, c'est le devoir de l'homme qui veut avec sa foi sauver aussi la France.

Je dis sauver la France, car je suis convaincu que sans religion notre pauvre pays est à jamais perdu. Nos revers sont moins dus à la valeur prussienne qu'à notre scepticisme, aux canons ennemis qu'à nos mauvais principes. Les théories athées de Voltaire et des siens ont eu plus d'influence sur notre abaissement que l'incurie de l'Empire et l'incapacité de nos généraux. Après l'effondrement des mœurs, l'effondrement social : rien de plus tristement logique !

Ce n'est point en faisant des lois sans morale, en proclamant l'instruction laïque, en abandonnant Dieu qu'on guérira la France de ses innombrables blessures. Ce n'est qu'en la moralisant par la religion catholique, en basant les vertus civiques sur le sol de la foi, qu'on lui rendra son vieil honneur. Ce n'est qu'en revenant au noble fils des rois qui seuls ont fait sa gloire qu'on pourra retrouver le repos, le bonheur et la prospérité. Hors de là tout est trouble, et, navire emporté sur la vague orageuse de l'antisocialisme, le pays doit sans cesse errer du despotisme à la révolution.

« *AUTEL ET TRONE* » : telle est notre devise et telle est aussi celle de tout esprit honnête, de tout cœur patriote. Tout autre est l'étendard de la libre-pensée. Loin de nous d'en être étonné. Libres-penseurs et pétroleurs, logiquement parlant, c'est tout un : les uns écrivent, les autres agissent ; il n'est entre eux de différence que de la plume au poignard et de l'encre au pétrole.

Ne craignons point de les combattre : ne nous lassons point de lutter. L'œuvre est colossale et l'arène attend les jouteurs. C'est au nom de la France sanglante et démembrée, c'est au nom de sa gloire antique, c'est au nom de la foi de nos glorieux ancêtres que nous devons élever la voix.

Tous les moyens sont bons à nos adversaires. C'est « *per fas et nefas* » qu'ils marchent à leur but : sans les suivre sur ce terrain, opposons-leur du moins de généreux et nobles efforts. C'est par la plume et par la parole, dans les cercles intimes et sur les places publiques qu'il faut désormais les combattre. L'abstention des partis honnêtes a trop longtemps fait nos malheurs. Réveillons-nous, il en est temps, de ce sommeil de mort et faisons avec âme la propagande du bien : c'est pour le

Français plus qu'un droit, c'est le plus sacré des
devoirs :

Plus le ciel est obscur et chargé de nuages,
Les États déchirés, battus par les orages
       Des révolutions,
Les peuples égarés par la voix du sophisme
Ou sourdement minés par le socialisme
       Et les divisions ;

Plus en vertu civique est érigé le crime,
Plus le sombre forfait est un objet d'estime
       Et le vice en honneur,
Plus il faut hardiment chanter la vertu même,
Écraser le pervers d'un sublime anathême
       Et d'un hymne vengeur !

                        E. B.

LE

RÉVEIL DE LA FRANCE

Il est temps ! dépendons ma lyre
Et baignons ses cordes de pleurs
Pour exhaler dans mon délire
Le triste chant de nos malheurs.

Durant l'invasion de la France éperdue,
Pendant d'assez et trop longs jours
A mon triste chevet tu restas suspendue,
O tendre lyre, ô mes amours !

Assez et trop longtemps ta voix resta muette
Devant nos maux et nos douleurs,
Assez et trop longtemps, compagne du poëte,
Sur ta fibre ont coulé mes pleurs !

2

Fais entendre aujourd'hui le cri de la vengeance,
De la noble indignation ;
Chante à la France en deuil l'hymne de l'espérance
Et de la résurrection !

Mais silence ô mon luth ! harpe mélodieuse,
Pourquoi frémis-tu sous mes doigts,
Pourquoi ta voix harmonieuse
A-t-elle un chant comme autrefois ?...

Le seul chant aujourd'hui qui convienne au poëte,
Ce sont les larmes et les pleurs,
Et ses seules hymnes de fête,
Sont les récits de nos malheurs.

Ah ! qui les redira, les malheurs de la France,
Qui pourra les pleurer assez ?
Il n'est plus de chant d'espérance
Après nos désastres passés !

Si ma voix faible encore, ô ma pauvre Patrie,
Pouvait déplorer tes revers,
Tes malheurs seuls, France chérie,
Feraient vibrer mes tristes vers.

J'ai vu tes nobles fils, ô Mère infortunée,
  Partout vaincus et dispersés ;
  Au lendemain de l'hyménée,
  J'ai vu des époux renversés ;

Comme un airain brisé qu'on jette à la fournaise,
  J'ai vu tes enfants généreux
  Malgré la vieille ardeur française
  Tomber vaincus mais valeureux ;

J'ai vu, j'ai vu le feu dévorer nos campagnes
  Et les détruire en un instant ;
  J'ai vu jusque sur nos montagnes
  Camper le Barbare insolent ;

J'ai jusqu'en son foyer, vu la vierge frappée
  Par le Prussien vil et brutal
  Et souvent de son sang trempée
  Pour garder l'honneur virginal ;

J'ai vu, j'ai vu partout la céleste Espérance
  S'évanouir au fond des cœurs,
  Ah ! j'ai vu succomber la France,
  Mes chants se sont changés en pleurs !

De nos maux d'autrefois en ma triste mémoire
  Vint se dresser le souvenir ;
  Je n'entendis d'hymnes de gloire
  Qu'un déchirant et long soupir.

J'entendis l'étranger, dans sa morgue hautaine,
Nous chanter l'hymne du trépas ;
J'aperçus dans notre Lorraine
La trace ignoble de ses pas.

Et l'indignation fit relever ma tête
D'un légitime et fier orgueil,
Je vis au soir de sa conquête
Le Prussien descendre au cercueil.....

Détrompez-vous, tyrans ! cessez à notre porte
Tous ces hymnes provocateurs,
La France aujourd'hui n'est pas morte
Pour trembler sous des oppresseurs !

Si l'incapacité livra notre Patrie,
Si Dieu se retira de nous,
L'Espérance est là qui nous crie :
« Relevez-vous ! relevez-vous ! »

Ainsi que vous, naguère, enivrés de leur gloire,
Après mil huit cent quinze et notre abaissement,
Ils se disaient entre eux : « Usons de la victoire,
   « De nous venger c'est le moment !

« Le Corse couronné qui fit trembler le monde

« Est tombé sous nos coups de son trône inhumain ;

« Abattons son empire et dans la paix profonde

  « Les peuples se tendront la main ! »

Ils se disaient : « Celui qui sous ses lois austères

« Fit ployer notre front n'est plus à redouter,

« Son nom longtemps écrit en sanglants caractères

  « Ne saurait nous épouvanter :

« Eh bien effaçons-le du front de nos annales,

« Brisons de sa grandeur les monuments d'airain ;

« Le crime était sa gloire et dans ses saturnales

  « Il s'abreuvait de sang humain. »

Ils se disaient, joyeux et fiers de leur conquête :

« Partageons ses États ainsi que ses lauriers,

« Et qu'aucun des rubis qui décoraient sa tête

  « Ne retourne à ses devanciers ;

« Assez et trop longtemps il régna sur la terre

« Pour dévaster nos champs et troubler notre paix ;

« L'aigle enfin sous nos traits est tombé de son aire :

  « Mort aux aiglons ! mort aux Français !! »

Ils se disaient : « Son nom porté par la victoire

« A fait assez longtemps la terreur de nos rois,

« Assez longtemps drapé dans son manteau de gloire,

  « Sous ses pieds il foula nos droits ;

2.

« Assez et trop longtemps après ses saturnales
« Il souilla nos palais de son morne sommeil ;
« Trop longtemps son coursier courut nos capitales,
    « C'est au tour de notre réveil !! »

Ils se disaient : — Mais Dieu protecteur de la France
Nous ménageait alors un Roi-Médiateur ;
Chaste débri du Trône et suprême Espérance,
    Un Bourbon fut notre sauveur.

Au vainqueur orgueilleux sa voix se fit entendre
Pour réclamer nos droits et notre liberté,
Et de la France en deuil chaque enfant put apprendre
    Ce que valait la Royauté.

La voix de la Raison si longtemps réprouvée
Fit taire enfin la haine et les cris des canons :
Il fut proclamé Roi : la France était sauvée.
    Gloire à jamais à nos Bourbons !

Oui, gloire à nos Bourbons, gloire à l'enfant sublime
    De l'auguste et noble Berri :
Pour guérir le pays que l'étranger opprime
    Acclamons le vaillant Henri !

Le Dieu qui n'a jamais abandonné la France
    Et qui veilla sur son berceau,
Avec nous du chaînon de sa sainte alliance
    N'a pas rompu le vieil anneau.

Il se souvient encor du pacte de nos pères
    Et de l'amour de nos saints rois,
Il se souvient toujours des vœux et des prières
    Qu'ils formulaient devant sa croix !

Lui qui ne laissa pas dans son fougueux délire,
    Au lendemain de nos revers,
Le stupide étranger partager notre empire
    Tombé sous les coups des pervers ;

Lui qui toujours fidèle à prouver sa clémence
    Au véritable repentir,
Fit sortir un héros pour sauver notre France
    Du sang fécond d'un Roi-Martyr,

Ne saurait aujourd'hui mentir à notre attente
    Et nous laisser dans nos malheurs,
Sans nous tendre la main douce autant que puissante
    Qui fait trembler les oppresseurs.

Ce qui manque à nos jours de froide indifférence.
    C'est la forte Religion,
Ce qui dans ses malheurs fait défaut à la France,
    De ses enfants c'est l'union !

Eh bien ! sachons aimer le fils de Mérovée
    Et pressons-nous sous son drapeau ;
Sachons nous réunir et la France est sauvée
    Ainsi qu'au soir de Waterloo.

Acclamons enfin Roi le Bourbon magnanime
    Que Dieu garda pour nous venger :
Ce n'est que sous les plis du drapeau légitime
    Qu'on pourra vaincre l'étranger.

N'ayons plus qu'un seul cri de ralliment en France
    Sous l'étendard de notre foi :
Du Trône et de l'Autel proclamons l'alliance :
    « Vive Henri V, vive le Roi ! »

Noble fils des héros dont notre belle histoire
    Nous a gardé le souvenir,
Il n'aura qu'un seul but : relever notre gloire
    Aux yeux jaloux de l'Avenir ;

Docile au cri du sang qu'il tient de Charlemagne
    Et plein du feu de sa valeur,
Il n'aura qu'un désir : écraser l'Allemagne
    Et venger notre vieil honneur !

Salut donc, ô salut à ton vieil oriflamme,
    Salut au nom du peuple franc,
Salut, noble Bourbon ! notre honneur te réclame,
    O salut à ton drapeau blanc !

O drapeau blanc, drapeau de gloire,
Noble étendard de nos aïeux
Qui dans la main de la Victoire
Nous conduisis sous tant de cieux,
Drapeau français par excellence
Symbolisant dans ta blancheur
La foi, l'amour et l'espérance,
Le courage et la paix du cœur;
Noble drapeau de nos croisades
Chanté par tant de troubadours,
Célébré dans tant de ballades,
Enveloppé de tant d'amours;
O toi qui dans la Palestine
Conduisis nos vieux chevaliers,
Ces héros de la foi divine
Couronnés de si beaux lauriers,
Toi qui guidas aux champs de gloire
Tant de seigneurs et de héros
Et les poussas à la victoire
Dans tant de combats et d'assauts;
Toi qui voilas, vieil oriflamme,
Tant de guerriers nobles et fiers
Que l'on croirait voir de ta trame

Scintiller un torrent d'éclairs,
Toi qui dans sa lutte héroïque
Guidas le fougueux Vendéen
Et fis trembler la République
De maint exploit herculéen :
Salut, blanc drapeau de nos pères
Parsemé de fleurs de lys d'or,
Après les chants de tes trouvères
Daigne agréer ce chant encor !

Quel souffle a passé sur ma lyre,
Est-ce un bel ange du Thabor,
Est-ce le jeune et frais zéphyre
Qui lutine en ses cordes d'or?...

Mais non ! j'entends au loin comme un hymne de guerre
Entremêlé de chants joyeux ;
Et du canon, pareils à la voix du tonnerre,
Les échos rouler dans les cieux !

J'entends dans les champs de l'espace
Ébranlés par le bruit des pas
Comme un drapeau flottant qui passe
Suivi d'un peuple de soldats ;

J'entends le bruit strident des armes,
J'entends le fer heurter le fer,
Le plomb mortel siffler dans l'air :
J'entends le canon des alarmes !

Des monts lointains où naît le jour,
J'entends le mortier qui se charge,
J'entends les échos du tambour
Qui bat la victoire et la charge :
J'entends les accords du clairon
Mêlés aux bruits de la tempête,
J'entends bourdonner sur ma tête
Les échos tonnants du canon !

J'entends !... mais, ô mon Dieu, cachez-moi cette image,
Cachez-moi ces héros sur le sol étendus,
O Dieu, Dieu des combats, voilez-moi d'un nuage
    Ces morts et ce sang répandus !

Cachez-moi ces amis, ces parents et ces frères
Partout foulés aux pieds, blessés et gémissants ;
Oh ! cachez-moi ce sang qui fuit de leurs artères,
    Mon Dieu cachez-moi ces mourants,
    Ces héros frappés par la foudre,
    Par la mitraille et le canon,
    Ces drapeaux flottants noirs de poudre,
    Déchirés, percés par le plomb !

De quels reflets brillants l'horizon se colore,

Il est tout inondé d'un torrent de clartés,
Je vois se dessiner comme une immense aurore
    A mes regards épouvantés !

Je vois dans des torrents de flamme et de fumée
Un peuple débandé qui fuit de toutes parts,
Je le vois poursuivi par une immense armée,
    Je vois briller nos étendards :
    Des vieux exploits de Charlemagne
    Je revois l'astre glorieux,
    J'entends les cris de l'Allemagne,
    Les Français sont victorieux !!...

Haine et courage au cœur, nobles fils de la France,
Le clairon des combats du jour de la vengeance
    Va sonner le réveil ;
Déjà du haut des cieux vous sourit la victoire,
D'Arcole et d'Iéna nouvel astre de gloire
    Va briller le soleil !

Haine et courage au cœur ! on peut tout par la haine,
On peut briser ses fers, on peut rompre sa chaîne
    Sur le front d'un vainqueur ;

Eh bien, Français, courage ! aux arsenaux, aux armes !!
Réveillons-nous au cri du canon des alarmes,
     Haine et courage au cœur !

Assez et trop longtemps poursuivant sa victoire,
L'Allemand a souillé notre vieux sol de gloire
     De ses pas insolents ;
Eh bien ! relevons-nous : mourons ou bien qu'il meure,
Du combat acharné va bientôt sonner l'heure
     A l'horloge du temps !

Que d'échos en échos sur nos vertes collines
Retentisse un seul cri sorti de nos poitrines,
     Cri de guerre et de mort.
Aux sanglots de l'Alsace, aux pleurs de la Lorraine,
Quel Français ne voudrait dans un élan de haine
     La victoire ou leur sort !

Nous avons entendu vos cris et vos prières,
Eh bien ! nous le jurons, nous irons un jour, frères,
     Vous rendre à notre cœur ;
La mort au champ de gloire est cent fois préférable
Aux fers dont un soldat, vainqueur inexorable,
     A chargé notre honneur.

Qu'il tremble le Prussien, qu'il tremble dans sa gloire,
Le Français est toujours l'enfant de la Victoire
     Et son sang est bouillant :
Qu'il tremble le vainqueur : la France est la lionne ;

Il nous a désarmés, mais l'arme est toujours bonne
　　Quand le cœur est vaillant !

Dans son stupide orgueil il a cru de la France
Avoir et pour jamais étouffé la vaillance
　　En égorgeant ses fils,
Mais il verra que si le corps est vulnérable,
On n'assassine pas dans un peuple indomptable
　　L'âme à coups de fusils.

Il verra tout Français au jour de la vengeance
Pour sauver le vieux sol et l'honneur de la France
　　Devenir un bourreau,
Et comme les soldats improvisés de Hoche,
Le vaillant paysan s'armer avec sa pioche,
　　L'ouvrier son marteau !

Mais pour ressusciter notre valeur antique,
Il faut plus que jamais que la foi catholique
　　Se ranime en nos cœurs,
A ce prix seulement nous aurons la victoire
Et forts du Dieu puissant nous pourrons avec gloire
　　Vaincre nos oppresseurs.

Telle autrefois la croix contre l'odieux Maxence
Guida de Constantin la marche et la vaillance
　　Jusque sur le Forum,
Tel aussi de nos jours, pour sauver notre France,

Il n'est que l'étendard d'amour et d'espérance
    D'un nouveau Labarum.

C'est l'arbre de la croix qui sauva notre monde,
Et ce n'est qu'à ses pieds que la vertu se fonde,
    Que se mûrit l'honneur,
C'est l'amour de la croix qui seul a fait les braves,
Et l'athéisme, lui, n'a fait que des esclaves,
    Des peuples sans valeur !!...

C'est ainsi qu'en nos temps si féconds en orages
Et si fameux, hélas ! par leurs tristes naufrages,
    Leur deuil universel,
Le seul et vrai salut et la seule espérance
Est la chaste union, pour sauver notre France,
    Du Trône et de l'Autel !

Barde obscur, un frisson sur ma lyre a couru,
Un vent froid a passé sur sa corde agitée ;
J'ai senti tressaillir mon âme épouvantée,
A mes yeux éblouis la victoire a paru
    Et du bruit strident d'une épée
A frémi tout à coup mon oreille frappée !...

Ah ! que ne puis-je, hélas ! amour, ô doux amour,
Célébrer ta douceur et te chanter encore,
    Te chanter de l'aurore
    Jusqu'au déclin du jour !

Mais non ! le temps n'est plus à la douce harmonie
    Des hymnes de bonheur,
J'ai senti de l'amour le céleste génie
    Abandonner mon cœur.

Ce que veut le Seigneur des bardes de notre âge,
Ce sont les cris de guerre et les chants des combats,
Ce sont les vers brûlants pour doubler le courage
    Du guerrier qui vole au trépas ;

C'est le cri du tambour, c'est la voix enflammée
    De l'obusier et du canon,
C'est la strophe de feu poussant toute une armée
    Aux accords vibrants du clairon !

. . . .
. . . .
. . . .

Quand l'aigle, roi des airs, plane aux flancs des nuages
Et pour mieux contempler l'astre du jour naissant,
Sur un vieux rocher noir foudroyé des orages
    S'abat en frémissant,

Ses yeux lancent le feu de leurs sombres prunelles
Et plongeant au-delà de l'horizon vermeil
Échangent tour à tour, rapides étincelles,
  Des éclairs avec le soleil.

C'est ainsi qu'ici-bas du barde de la terre
Les belliqueux accents sont les seuls chants d'amour,
Et c'est quelque vieux trône entamé du tonnerre
  Qu'il choisit pour séjour.

Plus le roc est battu, plus la mer est profonde,
Plus il y vogue heureux semblable aux alcyons,
Il aime à célébrer des grands peuples du monde
  Les révolutions;

Jusqu'au soir où le Dieu qui lui donna sa lyre
Pour chanter en pleurant les malheurs des humains,
Brisera du poëte au céleste sourire
  Le luth entre ses mains !

1068 — Paris. — Imprimerie Gusset et C⁰, 26, rue Racine

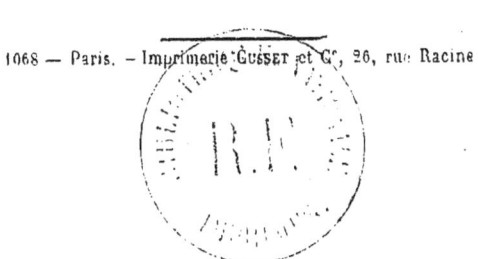

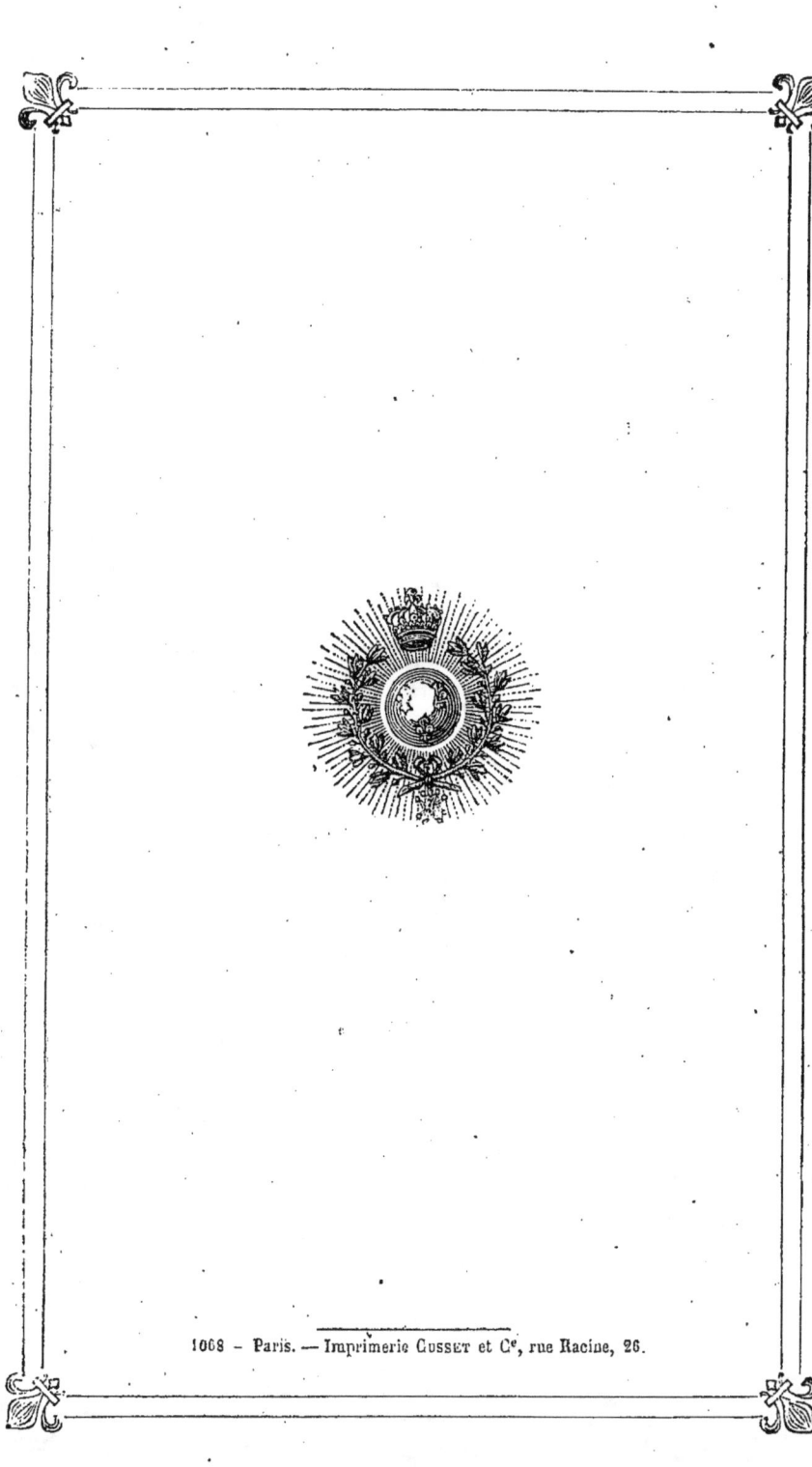

1008 — Paris. — Imprimerie Gusset et Cᵉ, rue Racine, 26.